ANDHERI NAGRI

THE JUSTICE OF SPIRIT

SUMEET KUMAR

Sumeet Kumar

Sumeet Kumar , A adult who experiences many phases of love in his life , get broked many times , stands up every time and keep moving to the next phases of the life.In reality he is a writter as well as singer (as a hobby) .Very exciting and interesting fact about him is that he is author of New era i.e. he starts his journey of writing at the age when he was going to schools to get the study . His some famous works i.e. Maturity Of Love (Genre - Love),Privacy For Dream (Genre - Middle Class), Army Squad ofLove (Genre- The Seperation of Army Love), 5 Days of Love(Genre- Temporarily Love), Th e Endearment Of Love(Genre - Historical Era Of Love), Social Destruction Indo-Pak (Genre - The Story of The Love At The Time Of Division Of India And Pakistan), Middle Class Soul (Genre - The Dreams of Middle Class), The Accursed Kanatpur (Genre -The Horrific Story Of A Village), Wrong Number (Genre -The Suspenseful Physco Killer Story), The Secrecy OfDeadly Midnight (Genre - The Suspense About a Crime),Fragile Religious Of Death (Genre- The Death Of A TrustfulPerson), Nature Vs Science (Genre - The Future Battle Between Nature And Science In A Horrific Way), Generic Man (Genre - The Dream of I.I.T), The Unconsious 12 Hours(Genre - The Illusion At Stage Of Comma), The StrangeBurden (Genre - The Burden Of Love) , Her Existence (Genre- The Female Pain In The Society) , Jockstrap Prize (Genre -The True Story Of A National Athlete) , H Man [Hindi] (Genre - Superhero Tragic Story), H Man [English] (Genre - Superhero Tragic Story) , Maturity Of Love [Englsih] (Genre - Love) and many more are available on various geners on the offcial platform of **Amazon, Flipkart and Notionpress.** You can buy them from there.

Contents

Acknowledgements

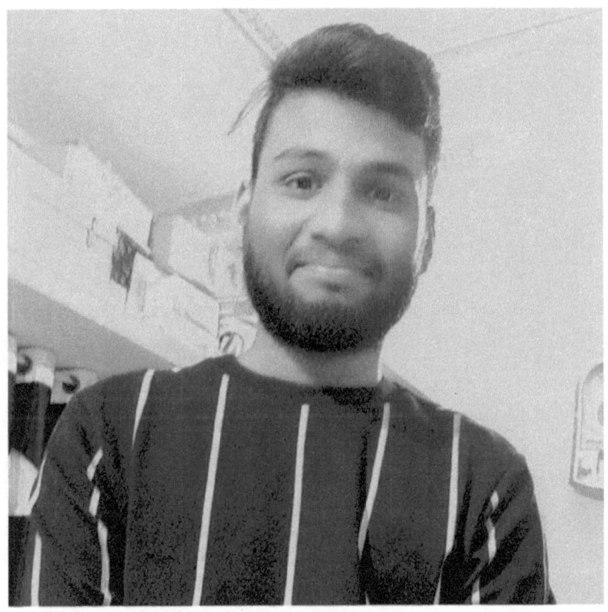

Aman Kumar

Special Thanks to **Aman Kumar** who worked so hard in the preparation of this book. He has continually put with my passive voice, omission of words, and late night calls. You have been wonderful. Thanks to him for his precious time in reviewing proposals , individual chapters and early drafts, along with his suggestions on the applicability of the material to the world.

I

THE DARK DEMON

Kehte hai ek insaan ki fidrat dhoka de sakti hai per uski
ruhh ushe kabhi dhoka nahi deti ,vo badle ki cahat mein

har waqt apni khamoshi ko daba kar rakhti hai aur ushi khamoshi ki cahat mein vo apne badle ko purr karti hai ,ye kahani koi mamuli kahani nahi ,ye to vo amar kahani hai ush raat andheri nagri ki jaha do premio ki hatya kar di bhare samja vo bhi sirf ishliye kyunki unki soch unse nahi milti thi ,har waqt har jagah ham bash samaj ki hee baateion karte hai ushi ke baare mein sochte hai ,aur unhi ke asool per chalta bhi ,per kabhi kishi ne soch ki jin raaho ki badolat ham apni manjil chunte kya vo sahi hai ? matlab har waqt vo samaj ki baateion jo ek saksh khud seh alag kar deti kya vo sahi hai ,zindagi agar veetran toh lamhe bhi aasahni seh hame yaad nahi karte ,jab tak usme mushibato ke pahad na aaye tab tak vo hame fariyaad bhi nahi karti ,aishi hee kahani raat andheri nagri ,jaha log mohabatt ko shaap mante thhe ,vo bhi un dono ki wajah jinki mohabatt ne purre samja ko ek nayi rahh dikhayi thi vo bhi khathin raaho per chalne ki . raat andheri ek aishi jagah jiski purri duniya deewani thi , duniya ke har ek kone seh log iski khubsurti dekhne aate thhe ,lambe pahad ,chhoti nadiyan ,chandi ke mahal ,aur baghvaan shiv ki vo vishal murti jo ush andheri nagri ki pratima thi ,zyadataar log ush murti ko hee dekhne aate thhe ,kyunki iske peeche bhi vha ke logo ka ye manna tha ,200 saal purani baateion hogi ,jab raat andheri mein peene ke liye paani tak nahi thhe hamare puravajo ke pass aur na hee pet bharne ke khana ,jeev jantu toh yeha jivit rehte hee nahi hai ,badi mushibat aan pari thi ish gaon ,tab hee ki baat jab hamare purvazo ne khud ki bali chada kar bahgbaan shiv ki puja ki aur unse kaha ki ,hai bholenath aap toh purr jagat ka vidhyata ho ,hamare pass dene ke liye kuch bi nahi hai ,phir bhi ham apni aatma apko pradan karte hai ,kripya kar ke hamari binti sunee prabhu ,aur hamare ish chhote seh gaon phir seh haara bhara kar de ,jo ki un do premio ki wajah seh shappit hai ,aur ham un do mahan aatmao seh bhi apni galtiyon ke liye maffi mangte hai ,aur jeevan ki bheeksha bhi ,kripya kar ke ahamari binti sun le prabhu ! ye sab sunne ka baad bhagvaan shiv prakat hue thhe ,aur unhone ne kaha tha ki mere ye aashirvaad hai ki ye raat andheri hamesha hari bhari rahegi ,aur yeha ki khubsurti logo ke maan mein santi aur sukh ko pradan kargei ,aur jin do premio ki hatya purre gaon ne apne kathor hridya soch ke badle ki vo kabhi aur janm na le ,ishliye mein ye cahta hun ki bhavishya mein agar aishi koi galti dubara hui toh ye purri nagri raat andheri mein badal jaygei ,aur yeha ke jal jo peene layak hai jo vish bann jayege ,aur ye purra gaon phir seh shappit ho jayega . samja ki soch agar sahi ho na toh duniya mein itnr bure kaam ,aur apradh ho rahe sayad na ho ,ush din bhi kuch aishe hee haadse hue thhe ,raat andheri ,jinki havinayiat manav jati ke soch seh insaniyat ko hamesha ke liye mita rakh deti hai ,bhagvaan shive ne ye chetavani 200 saal pehle hee de thi ki agar jo galti purre samaj un do premio ki hatya kr ke ki hai agar vo dubara dohrayi gayi toh ish gaon ke phir seh kabhi khushyali nahi aayegi ,aur ye purra gaon phir seh shappit ho jayega , ush din seh lekar aaj tak vha kishi ne koi bhi galti nahi ki ,per vo kehte hai har soch ki seema tay hoti hai ,ushi tarah har apradh aur insaniyat ki seema bhi tay hai ,manav jaati ne kabhi mohabatt ko banaya hee nahi hai ,ye toh ush uparvale ki den hai jisne hame badi shiddat aur inayyat seh banaya hai ,ham unki puja zarrora karte hai per apni soch ko kabhi unhe dekh kar kabhi badalne ki koshish nahi karte hai ,khud galat hokar bhi ham unke kareeb rehkar unhe maila karte hai ,aur hamne jitne bhi burre karam kiye hai un sab ka bhar ham unper hee dalte hai ,ish duniay cahe koi galat ho ye sahi ,ye balvan hee kyun na ho har ek ser ush uparvale ke samne jhukane ki riwayat ko ham kabhi taal nahi sakte ,manav jaati galtiyo ko gathividhiyo ko dohrate hai aur vo uparvala unhe har waqt theek karne ki riwayat karte hai ,ish duniya hek cheez niyantarn bhau seh bani hui jishe ham khud seh kabhi na toh alga kar sakte hai ,aur na iski cahat ko ham kabhi chingari de sakte hai ki vo baad mein jakar ek aag bann jaye . waiseh ye ush samay ki baat hai jab raat andheri nagri kishi aur naam seh pukari jaati thi ,kyunki ye ek bahut bade samrajya ki banabat thi ,jiske RAJA ADHOL SINGH thhe ,adhol singh ek aishe mahaan raja jinki insaniyat ush uparvale seh bhi kayi upar thi ,unki soch hamesha apno ke liye ke aage rehti ,aur vo apne koi aur nahi balki unki khud ki praja thi ,vo apni paraj seh behad prem bhau aur nek bhau seh rehte thhe ,unki praja ko jab bhi kishi madad ki zarrorat hoti ye jab bhi vo kishi mushibat mein hote thhe toh raja adhol singh sabse pehle unki mushbito ko haal niklate aur phir apni praja ki madad bhi karte ,raja adhol singh ki ek purti bhi thi jo ki behad khubsurat bhi thi aur chatur bhi , araj adhol singh ki yehi cahat thi ki unke marne ke baad unki purri sampati unki eklauti putri ko de dii jaye ,aur jo bhi unki putri seh vivah karega vo ush smarajya ka eklauta haqqdaar hoga aur unhone jitne bhi samrajya jeete hai unka bhi eklauta raja rahega ,aishi baat nahi hai ki raja adhol singh ke putr nahi thhe ,unke chaar putr jinke naam kuch ish tarah seh thhe ,SAMAN ,RAWAT ,BALDEV ,ATUL , per ye chaaro hamesah khud mein hee mashoor rehte thhe ,aur behad ayaishi bhi karte thhe ,raja adhol shi ek baat toh acchi tarah seh jante thhe ki ,ki agar inke samrajyo ki door inhone khud ke un chaar putroko di toh iski barbaadi tay hai ,aur unki praja bhi unke putro ko kuch khaas pasand nahi karte thhe ,kyunki unhone ne kayi baar aiseh kaam kiye hai jo ek raja ke putro ko sobha nahi dete . raja adhol singh apne putro ko lekr hamesha chintit mein rehte thhe aur thode dare hue bhi ,kyunki unki sirf ek hee putri thi ,aur vo apne samrajya ki bhaag door ushe hee dena cahte thhe ,per unke ye manna tha ki mere rehte toh vo apni behan ke sath kuch kuch galat nahi kar sakte ,per agar unki maut ho gayi ,toh phir kya hoga hamari purti ka ,ishliye unhone ne kaffi derr sochne ke baad ye nirney liye ki vo apni purti ka viavah ek aishe saksh seh karege ,jiske pass bhale hee daulat ho cahe na ho ,per vo saksh adheek buddhi maan aur balvaan bhi ho ,jo mere samrajye ki bhaag door aur hamare praja ke halato ko samjhe aur unki madad kare ,aur unhe kabhi mushibat mein na aane de ,aur na hee mere smarajya ko ,tabhi unhone ne ek swamvaar racha jismein kayi rajyo ke raja ,aur raajkumar shamiil hue ,raja adhol singh ne ush swamvaar mein ye pratha rakhi thi ki ,unki putri seh vhi raajkumar yeh ek raaj vivah kar sakta hai ,jo mere prashno ka sahi uttar de sake ,aur ish mere nagar ke hatiyo ko khud ke samne jhukne per majboor kar sake ,vha jitne bhi raja ye raajkumar shamiil thhe ,raja adhol singh ki ish soch ke dekhar toh pehle ush swamvaar mein kayi vartalaap hue vo bhi khushi aur majak ke ,unki soch ko galat bhi thheraya gaya ,phir unki putri ne ush waqt un sab raajkumar aur rajayo ke samne ye chunati rakhi ki jo mere hamare pita raja adhol singh ke sarre savalo ke sahi uttar dege ,ye NIRMALA uski ho jayegi ,vo uski daasi bann jayegi ,agar sahi uttar diye gaye tab , per ush swamvaar mein ek aishi bhi soch thi jishper raja adhol singh behad khordhit ho chuke thhe ,au vo soch kuch aishi thi jo ki baki raajkumar aur ush swamvaar mein shammil vha ke rajyo ne rakhi thi ,ki agar ham mein seh kishi ne sarre saval ke uttar sahi diye aur tumhare rajyo ke hatiyo per niyantaran bhi kar liya toh kya tum vivah seh pehle apne sarre abhusab ar vastr utar kar apne sarrer ko hame pradaaon karogi ,ush waqt nirmaal ne jaan bhujkar ek aur sarth rakhi ,aur vo ye thi ki agar mere pita ke savalo ke uttar kishi raja ye raajkumar ne sai nahi diye toh unki maut bhi aaj ish swamvaar mein nischit hogi . kehte hai ghamand ish duniya mein kishi bhi saksh ko cahe vo kitna hee dhani kyun na ho ye buddhimaan kyun ,agar usne iski soch ko badhava diya toh uski fidrat hee uske liye maut bann jati hai ,ish duniya mein log bhavishya ki chinta tabhi karte hai jab unki fidrat bhootkaal ki parchai ko khel na paaye ,ghamand aur waqt dono ek jaishe hai kyunki ye dono kishi ke gulam nahi hai ,aur na hee aane vale samay mein ho sakte hai ,ye toh vo barbaadi jo agar kishi ke hisse mein agar ek baar bhi aa jaye toh jeene ki har iccha ko jehan se marr kar hee jati ,aur inki qafas mein kishi ki ruhh ush dard ko bhi lamhe samya tak kabhi jhel nahi pati,ush din ush swamvaar mein bhi kuch aishi hee baat hui ,kyunki ush din ghamand ki hee hava chaaro taraf chal rahi ,vha jitne bhi logg ush wsqt shammil thhe ,unhone bina kuch sune hhe rajkumar nirmala ko ye chunati de di ,ki agar uttar sahi nikle unhe unki sarth manni paregi ,perush swamvaar mein koi bhi saksh ye baat nahi janta tha ki unke saval akhir kaishe hoge ,sabne apni zindagi dau per toh laga di thi per unhone saval sune hee nahi . aur jin savalo ki ghatividhya seh itni saari mushibaat khadi hui aur kayi lalchan bhi lage vo saval kuch ish tarah seh thhe ? kya maut ke baad zindagi sambhav hai ? kya kishi ke aasyun kishi ke liye sukh ke karan bann sakte hai cahe vo hamare dushman hee kyun na ho ?kya kishi ki vidya balbaan ho sakti hai ? matr teen saval aur javab ek bhi nahi ,vha ke raajkumar aur bakki rajayo ne kaffi koshish ki vo ish saval ke sahi uttar de sake ,per kishi ne inke sahi javab diye hee nahi ,aur ne hee vo raja adhol singh ke hatiyo ko prasth (haar) kae paaye ,phir kya jo sarth rajkumari nirmal ne ush swamvaar mein sabke samni rakhi ,vhi khairat mein unke liye ush din maut bann gayi ,ush din ek taraf khoon ki nadiya vhi toh dusri taraf ek bade khatre ki takhyyul bhi raja adhol singh ke mann ki kachot rahi thi ,aur vo saval kuch ish tarah seh thhe ki kya koi bhi meri putri ke layak nahi hai ,ish sansaar mein ,aur ye hatya jo mere hathon hui kya vo sahi ? itne saare dushman kya vo sahi hai ? kya badle ki chingari bakki rajyo ko hamare rajya SURYASTHAN ke taraf nahi gheeche gi ,kya vo hamse ish apradh ka badla nahi lenge ,jo hamne itni khoon ki nadiya bahayi hai vo bhi kishi sarth pe kya vo sahi hai ? kya insaniyat hame yehi sikhati hai ? ush din jitne bhi raja aur raaj kumar shammil thhe unhone marte waqt raajkumari nirmala ko ye shaap diya ki tumharu khubsurti jish per tumhe ghamand hai vo tumhare liye ek din shaap bann jayegi ,aur jish buddhimaani ham sab ki jaan li hai ,vhi soch ih samrajya ko veeran kar degi . per saval aab bhi ki kya yehi wajah hai survyasthan samrajya raat andehi mein badal mein gayi ,kya ishi shaap ke wajah seh vha ki praja sharpit ho gayi aur jeete jagte murdo mein badal gayi ?

"

***KABR
KI KHAMOSHI
MEIN
AAJ VO MEHFIL
BHI VEERAN
HAI
AUR JAHA
KHUSIYON
KE TAJMAHAL***

***BANAYE THHE
HAMNE
TUMHARI
YAADEION
MEIN
AAJ USKI
ITT BHI
HAMARE
LIYE
SAMSAAN
HAI .***

***KHUD
MEIN AAJ
ITNA
MAHROOM
HO CHUKA
HUN
KI
MERI KHUD
KI KHAMOSHI
KO BHI
MEIN TUMHARE
JEENE KI
WAJAH MANTA
HUN.***"

II

THE WRATH OF SOUL

Maut vo aehsaas hai jo ek tutte hue rishto ko bhi jodne ki himmat rakhti hai ,ish duniay mein hamar dushman ki saaseion jitni lambi chlati hai ,hamare jeene ki aash utni hee aage badhti hai ,kismat har kishi ki soch ko aage nahi badha sakti aur na hee kabhi ushe khud ke peeche kar sakti hai ,ushi tarah seh nafrat aur mohabatt ek jaishe hee per inki ruhh alag hai ,maine inki ruhh ko ishliye alag kiya kyunki aksar nafrat ki aandi mein log ek dusre ko barbaad hee karte hai aur khud ko bhi ,per mohabatt mein kayi baar logg khud ko aabaad bhi karte hai dusre ki najron mein barbaad bhi ,en dono ke ek jaishe hee hai ,per inki qafas ek dusre seh behad alag hai ,jish saklsh en dono ki daulat shammil ho vo saksh kabhi kishi ki najron mein harr nahi sakta aur nee khud ki kismat kabhi badlane ki cahat deta hai ,ish sansaar mein cahe kitni bhi badi mushibaat mein kyun na aa jaye per waqt rehte kishi ko mohabatt ushe bhi barbaad kar hee deti hai .

toh phir rajkumari niramala ki mohabatt unhe kaiseh abaad kar sakti thi ,kyunki ish duniya mein logg badalate hai mohabatt mein niyam nahi ,niyam toh aaj bhi vhi hai ,ush din khoon ki nadiyan toh beh chuki thi ush mehfil mein ,unhe unki jurm ki saja mill chuki thi jo unhone kiye thhe ,mere kehne ke matlab ush sabah jite bhi raajkumar thhe ke ye bakki ke rajayo seh hai ,per rajkumari niramala ko abhi koi saja nahi mili ,jo jurm ek aam manusha nahi dekh sakta aur na hee kishi ko dandil kar sakta ,ushi jurm ki saja vo uparvala dete hai ,karma ki soch deti hai jo hamare sath har waqt rehti toh hai per waqt aane per hee uski jhalak samne aati jab ham kishi jurm ki riwayat ko apnate hai ,ush din dono taraf seh ek hee galti hui thi ki ,jishe ghamand keh sakte hai ,ush din raajkuamari ki ijjat toh bach fayi per jurm ki andher nagri vo bhi utni hee hissedaar jitne ke bakki raajkumar aur vah maujood aur bhi raja thhe ,ek stree per jo ush din lalchan lage thhe vo toh unki maut seh ushi waqt mitt chuke thhe ,per ush stree na jab kishi aur per lalchan lagaye toh kya vo mitt paye ? rajkumari nirmala ki bash ek chhoti shi galti thi ,ki unhe

vo sarth nahi rakhne chaiye thhe ush waqt ,kyunki ush din
ke baad jo baraadi unhe aur unke samrajya ki hui sayad vo
karma ki soch seh kayi adheek thi ,toh ush din haadse ki
khairat kuch aishi thi ,ki khoon ki nadiyan toh beh gayi
sarth ke anusaar ,per ush bandhan seh aur bhi kayi aiseh
rajya thhe jo ush waqt mukt thhe ,aur jab unhone ye
khabar suni ,ki rajkumari nirmala ke chalte ye sab
ghatibidhiya hui toh vo aag babulu ho chuke thhe ,har
rajya mein bash krodh ki aandhi chal rahi thi vo bhi raja
adhol singh aur rajkumari nirmala ke khilaf ,aur unke
rajya ke khilaf bhi ,bakki rajya ki ye runneeti thi ki raja
adhol singh ki maut zarrori kyunki jo saryantra unhone
ne bakki rajyo ke sath ye jo dhoke baazi unhone ki hai
,matlab peet peeche vaar ke uski saja ush dusht raja aur
uski putri ko abashya milni hee chaiye ,ishliye jitne bhi
rajye inke bandhan seh mukt un sab ne ek baithak bulayi
aur ye nirnaya kiya ki suryaasthan per jald hee hamla kar
ke unke samrajya ki prathista aur pratima ko mita kar
ham ush rajya ko barbaad kar de ,aur uski ghamandi putri
ko rajye ke beeco beech jivit hee agni dev ke samne uski
bali de di jaye ,aur sayad ush waqt unki soch sach haqqeqat
mein bhi badal sakti thi agar rajkumari nirmala ko agar
SOORVEER SHIDARTH seh agar mohabatt nahi hoti ,per
akhir ye sorveer shidarth ,aur ye naam kuch ki pechaan
hame hairaan kyun kar rahi hai ? matlab shidarth tho
theek bhi hai per vha ke logg inhe soorveer shidarth kyun
kehte thhe ,kyaye koi rajkumar tha ,yeh koi raja ?ye kishi
rajya ka senapati ? ush haadse ke baad rajkumari nirmala
mann mein kaffi daar ki seemao ne apni mehfil tayar kar li
,kyunki vo bhale hee ek rajkumari thi per unhone bhi ishi
cheez ki chinta harwaqt mahroom kar rahi thi ki jo ghatna
ush swamyvaar mein hui ,kayi vo unke liye barbaadi na
bann jaye ,tabhi unki mulaqat soorveer shidarth seh hui

,vo bhi kuch ish tarah . waiseh inki amar prem kahani aur suryasthan nagri raat andheri mein kaishe badli seh pehle logg shidarth ko soorveer kyun kehkar pukarte thhe ,aishi kaun shi mahan vidya shidarth ne prapt ki thi suryasthan ki praja ushe soorveer shidarth kehkar bulati thi ,kehte hai kuch haadso ke peeche bhi veerta ki khairat jinda rehti hai ,aur vo khairaat kuch aishi thi ,aur ye ush samya ki baat hai jab suryasthan per gam ke badal chaye hue thhe . soorveer shidarth ke peeche ek chhoti shi kahani chupi hui hai ,ye ush samay ki baat hai jab ALI RUQBAT jo ki ek mahan yodha tha ,uski najar suryasthan per bahut pehle seh thi ,waishe toh raja adhol singh uske samne ush waqt bhi kamjjor nahi thhe ,kyunki ush waqt unki praja bhi unke sath yudh mein unke sath hee khadi rehti thi ,per ish baar ali ruqbat ne ek aishi chaal chali thi jo suryasthan rajya ke liye kaffi khatarnak savit hui ,vo jante thhe ki raja adhol singh ko jung mein prasht karna kaffi chunati bhara kaam ,aur sayad namumkin bhi ,ishliye unhe ne ye runneeti banayi ki vo suryasthan per tab hamla karge ,jab vha ki praja aur vha ke sainik gehri ninda mein honge ,aur unhone kuch aisha hee kiya ,per ush waqt shidarth jo ki ush rajya ke senapati ,unhe ye bhanak kahi seh lagg gayi ki kuch aishe sankat hamare rajya per aane vale hai ,aur ali ruqbat ne raat ke andhere mein hamare rajya ko hassil karne ke liye inti neechi soch vali ranneeti tayar ki hai ,per ye baat raja adhol singh ko bilkul pata nahi thi ,na hee vo kya nagrvasiyo ko ,aur sayad ush waqt ki khairat bhi kuch lambhi nahi thi ,kyunki jab ye baat senapati shidarth kopata chali tab tak ali ruqbat suryaasthan ki seema ke aandar aa chuka ,per jaishe hee vo suryasthan ki aandar aata hai ,tabhi vha ush senapati shidarth samne dikhte hai ,vo bhi hathon mein talvaar aur ser per kesariya rang ,aur aankheion mein bahaduri aur 1000 dushmano ko marne ki cahat shammil thi ,ali ruqbat ye baat acchi tarah seh janta tha ,ki suryasthan ka ek mamuli sainik bhi uske kayi sainiko per bhari per sakte ,per ish baar toh senapti shidarth unke samne thhe vo bhi akele ,vha ke logo ko ye manna tha ki senpati shidarth ki talvaar jung mein lahughatak talvaar hai jo hazaro ki maut lene ke baad hee sant hoti hai agar senpati shidarth ke dvara agar vo talvaar istamaal ki gayi toh ,ali ruqbat ko ye baat bahut pehle seh hee pata thi ,per usne socha ki ek akela senapati hamar itni badi prachand sena ko kabhi prasth nahi kar payega ,aaj iski maut nischit hai hamare hathon . jo jung dimaag seh ladi jaye vo jung en hathon se mumkin nahi hai ,aur jo fateh ish jehan ko ush waqt naseeb hoti hai vo koi mamuli fateh nahi hoti ,senapati shidarth bhale hee ek mahaan yodha thhe ,per vo bhi bhali bhaati jante thhe ki vo itni badi sena ko akele kabhi prasth nahi kar payege ,unka ye kehna tha ki ek mahaan yodha ki pechaan yehi hai ki usme saurya ke sath dhairya ki bhi milavat honi chaiye ,kyunki kishi jung ko ladne ke liye sirf bal ki nahi balki buddhi ki zarrorat hai ,tabhi ham usme fateh kar sakte hai ,senapati shidarth ne ush waqt ye runneti bahut pehle hee tayar ki thi ki vo akele hee phele yudhchetra mein jayge ,aur unka samna karege ,per akele nahi apni tiranbaazo ke sath ,ali ruqbat ke samne ush waqt sirf senpati shiddarth thhe ,ye baat ali ruqbat ko ush waqt mahasoosh ho rahi thi ,per ye baat thi ,senpati ne apne tirangbaazo ko pehle hee bol diya ki vo ali ruqbat ki seena ko chaaro taraf seh pehle hee gher le ,aur jab mein ali ruqbat ke samne rahu toh vo unki sena per teeno taraf seh hamla kar de ,kyunki ek taraf toh vo khud hazar sainiko per bhari thhe ,jaishi runneeti thi sahi thi ,aur baad mein bhetar bhi savit hui ,phir kya tha ,jaishe hee ali ruqbat ki sena ne senapati shidarth ko akele dekh kar unhe marne ki sajish ki gayi

,ushi waqt senapat ne oonchi aawaz mein apne tirangbaazo seh kaha SURYAPRAHAR . en sab ke baad jaiseh hee senapati shidarth ne ye baat kahi ,unki sainik bhi prahar karne ke liye tayar ho gaye ,aur jaishe hee unhone pehla hamla ali ruqbat ki sena per kiya ,ushi waqt unke kayi sainik maare gaye ,aur dekhte hee dekhte ali ruqbat ki vishal sena ushi miiti mein mill gayi jishe vo apni qafas mein rakhna cahte thhe ,matlab ushe hatyana cahte hai ,ish yudh mein ali ruqbat ki maut ho gayi thi jo ki senapati shidarth ne hee ki thi ,aur jitne bhi sainik bache thhe unhe bandi banakar raja adhol singh ke samne agli subah senapati shidarth ne unhe pesh kiya ,aur yehi raheshya hai jiski wajah seh vha ki praja senapati shidarth ko soorveer senapti shidarth kehkar bulati ,vo bhi unki maahan veerta dekh kar ,aur unke samman aur gaurav mein . per ushi waqt haadse ki ek aur sajish samne aayi ,ki kuch hee waqt ke baad senapati shidarth ne suryasthan chhod kar chale gaye ,aur iske peeche kya raheshya hai ,uski sachi toh vha ki praja bhi nahi janti hai ,per en sab ke baad ush rajya mein kayi badlaab aaye ,ek tarah seh kahu toh suryaasthan rajya ke sainik aur unki deeware jo unhe itne lambe waqt seh mehfooz aab vo kahi na kahi kamjoor ho gayi thi ,aur ishi ke wajah seh raja adhol singha kaffi chintit thhe ,ishliye unhone ne apni sainik seh kaha ki soorveer shidarth ki taalash phir seh suru ki jaye ,aur unhe hamare nikat laya jaye , jaisha ki raja adhol singh ne apne sainiko seh kaha ,unke sainiko ne vhi kiya ,per ish baar bakki rajyo ne unke raaj hamla kar diya tha ,jisme kayi sainik maare gaye ,kayi logg behghar ho chuke thhe ,per rajya ki bhaag door abhi bhi raja adhol singh ke hath mein hee thi ,vo ish yudh ko haare toh nahi per sayad aab harr vale thhe ,ish baar toh unhone ne apne rajyo ki raksha aur khud ke praja ki raskha kar li thi ,per agli baar sayad ye yudh vo harr sakte thhe . ishliye iski soch unhe har waqt aandar seh ghayal kar rahi thi ,vo kamjoor ho chuke thhe ,unhe ush waqt kuch samaj hee nahi aa raha tha ki vo kaun shi runnneti ko apna kar apne samrajya ko bacha le ,per ush waqt aishi koi bhi rahh dikh nahi rahi thhe ,aur jo rahh dikh bhi rahi sayad ush waqt vo mahroom ho chuki thi ,ush yudh ko jeetne ke liye unhe ush waqt shorveer senapati shidarth ki behad zarrorat thi ,per vha ke sainik bhi unhe dhund nahi paaye ,shayad unki kismat hee ush taqdeer ko ush waqt apnana nahi cahti ,kyunki jish jurm ki sururaat unhone ush mefhil mein ki thi sayd uski fateh hee harr thi .

"*LADD*
KAR BHI
MEIN HARR
GAYA
APNO KE
SAHARE
KHUD KI
KABR KO
PECHAAN
GAYA
LOGG KEHTE
THHE KI
MEIN BADA
MAHROOM
HUN KHUD
KI YAADEION
MEIN
ISHLIYE
TOH AAJ
FATEH

KI MEHFIL
MEIN BHI
JAKAR
UNKE SAMNE
MEIN
PHIR HARR
GAYA .

NA
ISHQ KI
NUMAAISH
KI HAI
NA HEE
BADE
KHWAAB
HAI
SHAAN
SEH
JEETA HUN
BASH
ITNI
SHI HEE
TOH BAAT
HAI . "

THE LAST PHASE OF CURSED

Jung ki koi keemat tay nahi hoti ,ye sirf hamesha hame
barbadi ki un lamho ko yaad karati hai jinhe ham peeche

murr kar dekhna tak nahi cahte ,aur ish mehfil na toh kishi ki cahat fyade ki riwayat dikhati hai aur na hee manjil hame ish mehjfil dubara yaad aati hai ,ek jung sirf insaan ki insaniyat hee nahi harti ,balki uski jagah vo khud ke wajood ko bhi marr dete hai ,pathar bann jate hai aur dil ki fidrat ko ye samjhane ki koshish karte hai ki hame fateh pane ke liye khud ki inayyat ko ushe jung mein harr ki cahat dikhani hee hongi ,varna khud ki ruhh bhi hame hamesha dhukare gii ,har waqt khud ko mahroom kar jeene ki sifarish karegi ,akhit ye kish baat ki jung hai do mulkho ki ,do rajyo ,veerta ki ,ye ush farogh ki jishe log barbaadi kehte hai ,kyun zarrori hai ye ? kya asliyat hai ? kaun shi sachai hai ? kya kismat firat hame aazadi dila pati hai ,kya ish tarah seh ham kabhi aage badh payege ,aur kya hee zarrorat hai khud ko balbaan savit karne ki ,isse na toh duniya tumhe mahaan samjhegi aur na hee tumhare dushman ko ,per vo kehte hai na jung ki sururaat kabhi ek tarfa hoti hee nahi hai ,iski sururaat jab bhi hoti hai toh do tarfa hee hoti ,khair ye na toh ush hisse ki sauagat jishe mein jahir karna cahta hun aur na hee uski baateion jinhe mein kehna cahta hun . raja adhol singh ye baateion acchi tarah seh jante thhe ,ki vo apne senapati ke beigair ish yudh ko jeet nahi sakte ,kyunki unki rajya kishi dusre rajya ne hamla nahi kiya tha ,balki uski jagah chaar rajyo ne milkar hamla kiya tha aur vo bhi ek sath ,pehle yudh mein toh kishi bhi tarah seh raja adhol singh unhe paraast kar diya tha per sayad agle jung ki fidrat unhe hara sakti thi ,sayad ish baar vo ish jung ko harr sakte thhe ,ishliye unhone socha ki jab dusre yudh ki sururaat ho tab unki praja unke rajya ko chhod kishi mehfoz jagah per chali jahe unhe dusre rajya ke sainik bandhak yeh daas na bana sake ,aur na hee unper kishi tarah ka jurm kiya jaye ,per unki praja ush waqt unhe chhodne ke liye bilkul tayar nahi thi , kyunki unka manna tha ki agar yudh mein hamare raja ki maut bhi ho jati hai toh ushi waqt ham sab bhi apne pran ko tyag dege ,jitni chinta unhe apne santaano ki nahi utni chinta ush waqt unhe apne praja ki thi ,ishliye unki praja bhi ush waqt unke sath hee thi ,kehte hai ekta vo cheez hai jo ksihi jung ki fidrat pal bhar mein hee kamjoor kar deti hai ,aur sayad iski sururaat ushi waqt ho chuki thi ,per ek chinta samne aayi ,aur vo chinta ye thi ki ush rajya aadhe sainik toh senapati shidarth ki khoj mein nikli hui ,aiur aadhi sena raja adhol singh ke sath jung mein thi ,matlab ish baar inki majboori saaf dikhayi de rahi thi ,aur bakki ke rajya ish baat ko acchi tarah seh jante thhe ,ishliye unhone ne pehle hee ye soch liya tha ki hame suryaasthan per jald hee hamla karna hoga ,aur ush rajya ko jeetna honge ,aur dekhte hee dekhte kuchi waqt dusre yudh ki bhi tayar ho chuki thi ,aur inki sena mein logg kaffi kaam thhe ishliye raja adhol singh ki praja bhi ish baar yudh mein shammil ho chuki thi . jab bakki rajyo ne suryaasthan per hamla kiya tab ush waqt sabse aage raja adhol singh thhe vo bhi apni sena ke netrtv mein aur unke unke peeche ,aur jitni bhi praja vo apne raja ke sath ,jaishi hee yudh ki sururaat hui ,toh ush waqt yudh mein kayi logg ghayal jo chuke thhe ,yeha tak ki unki kayi praja bhi , per vo phir bhi peeche nahi hatne ,unhone datt kar dusmano ka samna kiya aur kuch hee der mein ye khabar aayi ki senpati shidarth bhi suryasthan pauch chuke hai ,ish khabar ko sunkar raja dhol sing aur unke sainik aur vha ki praja bhi behad khush thi ,jung ki jeetne ki aur utsah ki ek nayi lehar samne dekhne ko mill rahi thi , aur jaishe hee sham dhali raja adhol singh aur unke senapati ne milkar unhe bakiyo rajyo ke ko paraast kar diya aur yudh mein fateh haasil kar li ,en sab ke baad jab vo laut kar apne nagar suryaasthan ja rahe thhe tabhi raja adhol

singh ne kayi baar senapati seh ye baat puchi ki apne ish
rajya ko chhod kyun diya tha ,kya ham apke apne nahi
thhe ? kya wajah thi ? unhone ush waqt kayi baar savla
kiya per senapati ne raja adhol singh ke savalo ke sahi
uttar na de sake ,kyunki jo sachi iske peeche chupi thi
sayad vo ush rajya ko barbaad kar sakti thi ,ek raja bhale
hee apne rajya ke liye ladta hai per ek sainik apni praja aur
apne rajya dono ke liye ladta hai . ush din ke baad na toh
raja adhol singh ne senapati ke samne toh koi pareshaan
kiya aur na hee usne koi wajah maangi ,ki achanak seh
aishe kaun seh halat thhe ki unhone suryaasthan ko chhod
diya ,jab raja adhol singh aur senpati jung jeet kar
suryaasthan pauche tabhi unki putri unke swagat mein
dyar per khadi thi ,aur jab unhone apne soorveer shidarth
ko apni aankheion ke samne dubara dekha toh mann hee
mann behad khush thi ,unki tabusaam raja adhole singh
ke mann ko vyakul kar raghi thi ,vo scoh mein par gaye
thhe ki senpati ko dekhkar hamari putri itni khush kyun
hai ? tab jakar kayi baar puchne ke baad ye baat chali ki
akhir kar senapati shidarth ne suryasthan seh kyun ish
kadar vo bhi bina bataye cahe gaye asliyat mein baat ye thi
ki rajkumari nirmala unse behad mohabatt karti thi ,per
ush waqt senapati sidharth ne unse ye baateion saaf keh di
ki mein apke layak nahi hun ,aap hamare maharaaj ki
putri hai ,mein kabhi bhi ye apradh nahi kar sakta ,na hee
hamari jaati milti aur na hee hamare dharm kabhi ek ho
sakte hai ,aur na hee kishi tarah ka sukh aapko de sakta
hun ,kripya kar ke mujhe maff kare rajkumari . aur yehi vo
wajah thi jiski wajah seh senapati shidarth ne suryasthan
ko chhod diya tha ,mujhe ye baat bilkul pata nahi thi ki vo
mere ish nirnay per suryaasthan ko ish kadar chhod kar
chale jayege pitaji ,jab ye baat raja adhol singh ko singh ko
pata chali toh vo behad mahroom ho chuke thhe ,mann ke

aandar ush waqt itni khamoshi thi ki unke sabd bhi bahar nikal nahi rahe thhe ,ek taraf seh vo behad khush bhi thhe kyunki jo baateion ush waqt unki putri ne senapato shidarth ke hitt mein kahi thi vo sayad ush waqt unke mann mein bash chuki thi ,unk ish dariyadali ko dekhkar raja adhol dinge ne ye nirnay liye ki vo apni eklauti purti ki shaddi senapati shidarth seh hee hongi ,ishliye unhone ek savab bulayi aur ush sabah mein ye nirnay liya ki vo apne samrajya ki bhaag door senapati shidarth ko saupne vale hai ,aur unki jitn bhi daulat hai vo bhi ,matlab vo senapati ko suryasthan ka naya raaj ghosit karte hai ,aur unki putri seh vivah karne ke liye bhi gujarish karte hai ,jab ye baat unke putro ko pata chali toh ush waqt vo behad khrodhit ho chuke thhe aur iush waqt unhone ek ranjish senapati shidarth aur raajkumari nirmala ke khilaf ki vo bhi unhe marne ke liye ,aur yehi sehi sururaat ush barbaadi hai jsihe ham raat andheri nagri seh jante hai waishe ush raat aishi bhi kya kahsmoshi thi jo ek har bhare nagar ko sunsaan kar deti hai ? akhir kaun seh shaap ush din senapati shidarth ne diya ush rajya ko diya tha jiski wajah seh vha kabhi khushiyan aayi hee nahi ? kya ush din unki maut sach mein ho gayi thi ? kayi en sab ke peeche raja adhol singh toh nahi? per unhone ne khud unke vivah ko tayy kiya tha ,phir vo aisha kyun karege vo bhi apni putri ke liye jinse vo behad mohabatt karte hai ? akhir kaun seh raheshya suryaasthan rajaya ke peeche chupe hua ? akhir kisne ush rajya ko shappit kiya ? aur kaun shi vo wajah thi ? ye kahani abhi purri toh nahi per adhuri bhi nahi kuch khaas raheshya hai jo abhi khulne bakki hai tab tak liye intezaar ki ghariya toh ginni hee paregi .

"NA HEE
VO DAULAT
MASHOOR HUI
MERI
MOHABATT MEIN
NA
HEE DILO KE
KHWAAB
LIKHE
GAYE HAI
MERI YAAD MEIN
PER ITTEFAAQ
SEH JISH
DIN MEIN
KHAMOSH THA
KHUD KI
MEHFIL
MEIN
USHI DIN
MAUT
MILI
MUJHE SAUGAAT
MEIN .
"